幾千年來，

中國出了不少大詩人，

他們走遍大江南北，遊山玩水之餘，

還寫下很多讚美中國山河大地的優美詩篇，

首首傳誦千古，值得一讀再讀。

◎ 責任編輯 余雲嬌
◎ 裝幀設計 鄧佩儀
◎ 繪　圖 鄧佩儀
◎ 排　版 鄧佩儀
◎ 印　務 劉漢舉

詩之教系列 ①

隨大詩人遊名勝古蹟

策劃｜陳萬雄

編著｜小白楊工作室

編輯成員｜蔡嘉亮、黎彩玉

出版｜中華教育

香港北角英皇道 499 號北角工業大廈 1 樓 B 室

電話：(852) 2137 2338　傳真：(852) 2713 8202

電子郵件：info@chunghwabook.com.hk

網址：http://www.chunghwabook.com.hk

發行｜香港聯合書刊物流有限公司

香港新界荃灣德士古道 220-248 號荃灣工業中心 16 樓

電話：(852) 2150 2100　傳真：(852) 2407 3062

電子郵件：info@suplogistics.com.hk

印刷｜韶關福同彩印有限公司

韶關市武江區沐溪工業園沐溪六路 B 區

版次｜2023 年 7 月第 1 版第 1 次印刷

©2023 中華教育

規格｜16 開（244mm x 215mm）

ISBN｜978-988-8809-07-3

隨大詩人
遊名勝古蹟

陳萬雄　策劃
小白楊工作室　編著

中華教育

玉
門
關

《涼州詞》 王之渙　P.8

鸛
鵲
樓

始　華
　　山

《詠華山》 寇準　P.2

樂
遊
原

《登樂遊原》 李商隱　P.4

黃
鶴
樓

《黃鶴樓送孟浩然之廣陵》 李白　P.12

白
帝
城

《早發白帝城》 李白　P.10

目錄

宋代宰相寇準自小才華出眾。
相傳寇準小時候，父親宴請親友，吩咐他作詩助興。
小寇準走了一步、兩步，
第三步就唸了這首讚美華山的詩。

詠華山

寇準

只有天在上，
更無山與齊❶。
舉頭紅日近，
回首❷白雲低。

❶齊：同樣高度。
❷回首：低頭。

華山

名勝古蹟

位於陝西省華陰市，中國五嶽之一，又稱西嶽。中華民族又稱華夏族，有說華夏族的「華」指華山，華夏族祖居地就在華山附近。華山有「奇險天下第一山」之稱，詩中寫華山與天空、太陽很接近，其他山和雲都在下面，可見它有多高、多險要！

詩人李商隱帶我們來到唐代的首都長安。
這天詩人因心情不愉快，特意到郊外的樂遊原，
欣賞黃昏美景。

登樂遊原

李商隱

向晚①意不適②，

驅車登古原③。

夕陽無限好，

只是近黃昏。

① 向晚：傍晚。
② 意不適：心情不好。
③ 古原：指樂遊原。因這裏是漢代古蹟，故稱「古原」。

名勝古蹟

樂遊原

唐代長安（今陝西省西安市）城內的一塊高地。這裏地勢高，可以看到長安全城的美景，不論皇室貴族或普通百姓都喜歡前往登高遊玩。樂遊原燦爛的夕陽讓詩人依依不捨，詩歌結尾兩句寫出他對於美好事物即將消失的感慨，成為傳誦千古的名句。

唐代詩人王之渙，
帶我們來到黃河北岸，登上著名的鸛鵲樓。
上到最高第三層，看得好遠好遠，
耀眼的太陽正在下山，滾滾黃河不斷東流。

登 鸛 鵲[1] 樓

王之渙

白日依山盡[2]，

黃河入海流。

欲窮千里目[3]，

更上一層樓。

❶ 鸛鵲：鳥名，又名鸛雀。

❷ 盡：消失。

❸ 欲窮千里目：想看到最遠的景物。窮，盡。千里目，眼
睛看到最遠的距離。

名勝古蹟

鸛鵲樓

又名鸛雀樓，位於山西省永濟市。因鸛鵲等雀鳥喜歡在這座樓上
棲息而得名。樓上可遠望羣山連綿起伏，黃河滾滾奔流，景色甚
為壯觀。詩歌結尾一句鼓勵我們要像登樓一樣，時時刻刻努力向
上，開闊自己的眼界。

我們跟着邊塞詩人王之渙來到黃河。
遙遙望着遠處，彷彿聽到玉門關外，
傳來陣陣哀怨的羌笛聲，
那是邊防將士思念故鄉的哀怨啊！

涼州詞

王之渙

黃河遠上[1]白雲間，
一片孤城萬仞[2]山。
羌笛[3]何須怨楊柳[4]？
春風不度[5]玉門關。

[1] 遠上：遠遠接上。形容連綿不絕的黃河好像伸延到天上。
[2] 萬仞：形容山勢很高。
[3] 羌笛：羌族樂器。
[4] 楊柳：指一首叫《折楊柳》的送別樂曲。
[5] 度：吹過。

名勝古蹟

玉門關

位於甘肅省敦煌市西北，是行經絲綢之路通往西域的交通要道。因西域的玉石由這裏輸入中國，故名玉門關。玉門關是古代軍事重地，位於沙漠地帶，環境嚴寒荒涼，無數將士遠離家鄉在這裏長期駐守，保家衞國，久久不能回鄉。

大清早，詩人李白帶着輕鬆喜悅的心情，由白帝城起程。
在朝霞滿天，兩岸猿聲之中，沿長江乘小船南下，
一日之間，已去到千里之外的江陵。

早發[1]白帝城

李白

朝辭白帝彩雲間，

千里江陵一日還。

兩岸猿聲啼不住[2]，

輕舟已過萬重山[3]。

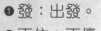

[1] 發：出發。
[2] 不住：不停。
[3] 萬重山：指從白帝城到江陵的一段長江三峽，兩岸都是陡峭的山峯。

名勝古蹟

白帝城

位於重慶市的白帝山上，是長江三峽的旅遊景點。白帝城山明水秀，古蹟文物甚多，還流傳了許多三國時期的故事。最為人所知的便是「劉備託孤」，據說蜀漢皇帝劉備在白帝城病危時，把兒子劉禪交託給丞相諸葛亮，希望諸葛亮好好栽培他。

在繁花盛放的陽春三月，
李白在黃鶴樓，送別他的好朋友孟浩然。
滾滾長江水，載着好友的小船逐漸消失在天邊的盡頭，
詩人一直望着友人離開，心中依依不捨。

黃鶴樓送孟浩然之廣陵①

李白

故人西辭②黃鶴樓，

煙花③三月下揚州。

孤帆遠影碧空盡，

唯見④長江天際流。

❶ 廣陵：今江蘇省揚州市。
❷ 西辭：黃鶴樓在廣陵西面，這裏指告別黃鶴樓東行。
❸ 煙花：春天繁花盛開的情景。
❹ 唯見：只見。

名勝古蹟

黃鶴樓
位於湖北省武漢市，蛇山之頂，下望萬里長江。
始建於三國時期，樓高五層，歷代屢次重修。與
湖南省岳陽樓、江西省滕王閣，並稱「江南三大
名樓」。

這天天氣晴朗，李白來到廬山，
看到在陽光照射下，香爐峯上的雲霧變成紫色，
又見到從高處傾瀉而下的瀑布，
真以為天上的銀河，從九重天上落到廬山呢！

望廬山瀑布

李白

日照香爐[1]生紫煙[2]，

遙看瀑布挂前川[3]。

飛流直下三千尺，

疑是銀河[4]落九天[5]。

1. 香爐：指香爐峯。
2. 紫煙：山谷中的紫色煙霧。
3. 挂前川：挂，通「掛」，懸掛。川，河流。這裏指瀑布好像懸掛在河流上。
4. 銀河：天空呈現的銀白色光帶，看起來像一條銀色的河。
5. 九天：指天空極高處。

名勝古蹟

廬山

位於江西省九江市南郊，是國家級風景名勝區、世界文化遺產和地質公園。廬山有十二個景區，九十多座山峯，山峯之間有許多山谷、瀑布、溪澗等，四周雲霧瀰漫，以「雄、奇、險、秀」聞名。

我們隨同詩人蘇軾來到杭州，
遊覽湖光山色的西湖。
看看大詩人如何描寫西湖在晴天和雨天下的美態，
又如何把西湖比喻為美麗的西施。

飲湖上初晴後雨[1]

蘇軾

水光瀲灩[2]晴方好，

山色空濛[3]雨亦奇。

欲把西湖比西子[4]，

淡妝濃抹總相宜。

① 飲湖上：在西湖上飲酒。
② 瀲灩：波光閃動的樣子。
③ 空濛：細雨迷濛的樣子。
④ 西子：指西施。春秋時期女子，中國古代四大美人之一。

名勝古蹟

西湖

浙江省杭州市內的著名風景區，以秀麗的景色和豐富的名勝古蹟聞名。西湖有著名的「西湖十景」，分別是：「平湖秋月」、「蘇堤春曉」、「斷橋殘雪」、「雷峯夕照」、「南屏晚鐘」、「曲院風荷」、「花港觀魚」、「柳浪聞鶯」、「三潭印月」和「雙峯插雲」。

在一個秋天的晚上，詩人張繼乘船來到聞名的姑蘇城。
小船停泊在楓橋下，寒山寺附近。
江南水鄉秋夜美景，古寺鐘聲悠揚，
惹起詩人的思鄉之情。

楓橋夜泊[1]

張繼

月落烏啼霜滿天，

江楓[2]漁火[3]對愁眠[4]。

姑蘇城外寒山寺，

夜半鐘聲到客船。

❶ 楓橋：據說原名封橋，因張繼寫了這首詩才改名。
❷ 江楓：江邊的楓樹。
❸ 漁火：漁船上的燈火。
❹ 對愁眠：指詩人懷着愁緒入眠。

名勝古蹟

寒山寺

位於江蘇省蘇州市楓橋鎮，距離楓橋不遠。相傳唐代著名僧人寒山和拾得曾在此弘揚佛法，故名寒山寺。現在寒山寺裏有張繼《楓橋夜泊》一詩的刻碑。自 1979 年起，每年 12 月 31 日除夕晚上，寒山寺都會敲一百零八下鐘聲迎接新年到來。

在黃昏的時候，
詩人劉禹錫踏過秦淮河上的朱雀橋，
看看昔日富貴人家的住宅區烏衣巷，
變成了甚麼模樣……

烏衣巷

劉禹錫

朱雀橋[1]邊野草花[2]，

烏衣巷口夕陽斜。

舊時王謝[3]堂前燕，

飛入尋常百姓家。

❶ 朱雀橋：位於今江蘇省南京市。因與朱雀門相對，故稱朱雀橋。

❷ 花：指開花，作動詞用。

❸ 王謝：指東晉時王導、謝安兩大家族，他們當時住在烏衣巷。

名勝古蹟

烏衣巷

位於今江蘇省南京市，朱雀橋附近。據說三國時期，吳國曾在此駐紮黑衣軍隊，故名烏衣巷。東晉時，烏衣巷是豪門大族的聚居地，甚為繁華，但到了唐代，到處長滿雜草野花，變成廢墟。詩人想到烏衣巷從前和現在的變化，心中十分感歎！

詩人點滴

寇準 （公元 961 – 1023）

- 字平仲。北宋宰相、詩人。
- 忠君愛國，不畏強權，曾為皇帝重用，為國家人民立過不少大功。
- 最為人推崇的是寫景詩，風格淡雅。

李商隱 （公元 813 – 858）

- 字義山，號玉谿生、樊南山。唐代詩人。
- 詩歌題材有關於社會政治，也有表達個人抱負和失意心情，其中無題詩和愛情詩最為人關注。
- 詩歌語言優美、感情細膩，部分用了典故、象徵等手法，較艱深難懂。

王之渙 （公元 688 – 742）

- 字季凌。唐代詩人。
- 與岑參、高適、王昌齡三位詩人，合稱「四大邊塞詩人」，以描寫邊疆地區的生活和風光為題材，反映戰爭和行軍生活。

李白 （公元 701 – 762）

- 字太白，號青蓮居士。唐代詩人。
- 詩歌想像豐富，感情強烈奔放，被譽為「詩仙」、「謫仙人」等。
- 性格豪邁，喜愛遊歷、結交朋友。

蘇軾 （公元 1037 – 1101）

- 字子瞻，號東坡居士、鐵冠道人。
- 北宋大文學家，詩、詞、書、畫都十分出色。
- 與父親蘇洵、弟弟蘇轍合稱「三蘇」，三人同列「唐宋古文八大家」。

張繼 （生卒年不詳）

- 字懿孫。唐代詩人。
- 曾中進士，做過小官。
- 詩歌語言樸素自然，有不少關心社會民生的題材。

劉禹錫 （公元 772 – 842）

- 字夢得。唐代詩人。
- 做過高官，主張革新，後來失敗被降職。
- 詩歌通俗清新，接近口語，人稱「詩豪」。

鳴謝

顧問：羅秀珍老師

聲輝粵劇推廣協會
藝術總監：楊劍華先生

聲輝粵劇推廣協會
學員（粵語朗讀）

上海市匯師小學學生（普通話朗讀）

金樂琴

利文喆

蔣卓婷

鍾天睿

鄧振鋒

李皓晴

謝覺心